JN140663

ぼくがぼくに変身（へんしん）する方法

やませたかゆき 作
はせがわはっち 絵

岩崎書店

一　ラッキーなお客さま

町内のフリーマーケットでみつけた変身ベルトは、秋のお日さまをあびて銀色にかがやいていたんだ。

ぼくの目は、くぎづけになった。足は、そこから一歩も動こうとしなかった。

「変身ベルトじゃん。タクミの好きなヤツ」

同じ四年一組で親友のヤッチンが、さっき買ったエアガンで変身ベルトをさした。

「おい、あぶないからよせよ」

「だいじょうぶだよ。タマ、入ってないし」
ぼくはヤッチンに、エアガンをしまわせた。
変身ベルトを売っていたお兄さんが、そんなぼくたちをニコニコして見ていた。
やさしそうなお兄さんだった。ビニールシートの上には変身ベルトのほかに本やCD、カウボーイがかぶるようなぼうしなんかが、ならんでいた。
「こういうの、好きかい？」
お兄さんが変身ベルトを持たせてくれた。
ずっしりと重い。銀色のバックルのまん中には、イナズマ形のブレードが二まい重なっている。主人公が変身するとき、このブレードがそれぞれ反対向きに回って光るんだ。

ぼくが生まれる前から続いている大人気の変身ヒーロー『サンダー仮面』シリーズの変身アイテムだ。

このお兄さんが、子どものころに遊んでいたのかな？　だったら、もう十年以上はたっているはずだ。なのに新品みたいだった。きっと、大事にしていたんだろうな。

こんなにきれいなのに、値段はたったの千円。ボール紙にマジックで書かれた『1』とみっつの『0』が、なんだか、かなしかった。

でも、おかげで、ぼくにも買えるかも。

ぼくはおサイフをひっぱり出した。

「おっ、買ってくれるのかい？」

貯金箱のお金を、ぜんぶ持ってきた。

800円
1000円
100
20
70円

だけど、五百円玉はひとつだけ。百円玉がふたつと五十円玉がひとつ、十円玉がいつつ。八百円しかなかった。

数え直してみたけど、何度数えても、八百円は八百円だった。

「あるだけでいいよ」

「いいんですか!?」

ぼくはお兄さんに八百円をわたした。

「買ったんだ？」

横を見ると、ヤッチンがいつの間にかアイスクリームを買ってきて食べていた。

九月も終わりなのに、今日はなんだか暑い。アイスクリームは、きっとつめたくておいしいだろうな。

ぼくは、ヤッチンのアイスクリームをチラ見しながら、お兄さんから変身ベルトの入った手さげの紙ぶくろを受けとった。

行こうとしたら、よびとめられた。

「ちょっと、待って。おつりだよ、三百円」

変じゃない？　八百円はらって、三百円おつりって、そんなのないよ？

しかも本当は千円だったのを、八百円にオマケしてくれたのに？

頭がハテナマークでいっぱいになりそうなぼくの肩を、お兄さんがポンとたたいた。

「せっかく来たんだもの、アイスくらい食べて帰りたいだろう？　はい、おつり」

お兄さんは、ぼくの手のひらに百円玉を三まいのせてくれた。

「ありがとうございました！」
ぼくは、三角定規の角みたいにおじぎした。
「お客さんのほうが、おじぎしてらあ」
ヤッチンが、ぼくとお兄さんをアイスクリームでさしてわらっていた。

アイスクリームを買っていたら、同じクラスのユーカがやってきた。
「ねえ、うちのママもお店を出してるの。なんか、買っていかない？」
「どんなもの、売ってるの？」
ヤッチンがたずねた。どうせ買う気もないのに、調子を合わせるのはうまいんだから。
「ママの手作りアクセとか、わたしが小さいころに遊んでいたお人形とか」

「ふーん。タクミは買うもの、ありそう？」
ヤッチンがさりげなく、ぼくにふった。
こまるんだけど。お人形にも、アクセサリーにも興味はない。でも、はっきりそう言うのは、ユーカにわるい気がした。
「うーん、これ買っちゃったから……」
変身ベルトが入った紙ぶくろを見せた。
「おれも、エアガンを買った」
「ふ～ん……、あれ？　タクミくん、それ」
ユーカが紙ぶくろをのぞいて、いたずらっぽくわらった。

「あれね！　へんしーん、でしょ？」
「しーっ。やめてよ！」
「あ、そっか。ごめん」
ユーカがヤッチンを見て、口をおさえた。
「なになに？　教えろよ～、あ！」
ふざけていたヤッチンは、アイスクリームを落としてしまった。その顔ときたら、この世の終わりみたい。ぼくはアイスクリームをひとくちだけ、かじらせてあげたんだ。

二　ボスノの待ちぶせ

ユーカママのお店をチラッとだけ見て会場を出た。ヤッチンとわかれたら、ユーカが追いかけてきた。

「あれ？　お店、もう終わり？」

「うん。フリマ、もうすぐ終わりなんだ」

すこし歩くと、クラスのボスノがいた。子分のハルキとケースケもいっしょだ。

ボスノの本名は、星野剛太。でも、学年でいちばん体が大きくて力も強い、クラスのボスだ。だからホシノっていうよりも、ボスノがぴったり。

そのボスノにこんなところで会うなんて、いやな予感しかない。
「おい、タクミ！　ゲームソフトとか、マンガとか買ったか？　買ったなら、かせよ！」
やっぱり。
ボスノたちは、ここでフリマ帰りの子たちを、待ちぶせしていたらしい。
「そういうのは、買わなかった」
よく見ると、ハルキとケースケは手にマンガを持っていた。どうやら、フリマ帰りの子から無理やりに『かりた』っぽい。
ぼくは、紙ぶくろを後ろにかくした。
「おい、かくすことないだろ、見せろよ」
ケースケとハルキが、ぼくの後ろに回りこんで紙ぶくろをのぞいた。そしてハルキが、ぼくの変身ベルトを勝手につかみだした。
「四年生にもなって変身ベルトかよ～」
「ガキかよ！　ウケる～」
ケースケとハルキが、ヘラヘラとわらいながら変身ベルトをボスノに見せた。
「ブッヒャッハハハハ！」
ボスノが、やぶれたボールをふみつぶしたみたいな声でわらいだした。
ぼくは、顔が熱くなった。
（自分たちだって、去年までサンダー仮面ごっこをやってたじゃないか！）
そう言ってやりたかったけど、ここはガマンだ。ケンカじゃかなわない。
さっさと変身ベルトをとりかえして、帰らなきゃ。

「もういいでしょ、かえして」
「おっと、へい、ケースケ、パス！」
ぼくが手をのばすと、ハルキは変身ベルトをケースケにほうり投げた。
「おい、やめろよ、かえせよ！」
「かえすよ、ほら、とればいいだろう？」
ぼくが近づくと、ケースケはベルトを持った手を高く上げた。ケースケはボスノの次に大きい。ぼくは、その手にまるでとどかない。
「かえせってば！」
「へーい、ボスノ、パス！」
「あんたたち、よしなさいよ！」
ユーカがおこったとき、ボスノへと変身ベルトは飛んでいった。

「おっとっと」
ボスノは、変身ベルトをキャッチした。それなのに、わざとお手玉するみたいにして、変身ベルトを落とすマネをした。そして本当に、変身ベルトを落としたんだ。
サンダー仮面の変身ベルトを落とした！
お兄さんが、たいせつにしていたのに！
「よくも落としたな！」
ぼくはカッとして、頭からボスノにぶつかっていった。
「おい、なにすんだよ！」
そう言ってボスノは片手で、ぼくをつき飛ばした。
しりもちをついたら、頭のてっぺんまでズーンといたみが走った。

「ちょっと、暴力はよしなさい！」
ユーカが、ボスノにつっかかった。
「タクミが先に、やったんだぜ！」
「あんたたちが、意地悪したからでしょ！」
ユーカは、まけずに言いかえす。
「意地悪なんて、してませーん。買ったものを見せてもらっただけでーす」
「わざと落としたじゃないの！」
「わざと落としたって、ショーコがある？」
ボスノは、自分がわるいなんて思いもしない。
ぼくがマンガを持っていないなら、もう用はないらしい。ボスノたちは行ってしまった。

そうだ、変身ベルトだ。

変身ベルトをひろい上げて、あちこちたしかめた。よかった、どこもこわれていない。

ホッとしたら、くやしさがこみ上げてきた。そして目のおくが熱くなって、うるうるしてきた。まずい、泣きそうだ。Tシャツのそでで目をおさえたら、よけいになみだがあふれる。

「だいじょうぶ？」

ユーカが手をとって、立ち上がらせてくれた。でもやさしくされると、はずかしくて、たまらなくなった。

ぼくはユーカの手をふりはらって、かけだした。

三　変身ポーズ

変身ベルトを持ったまま、走って走って、もう走れないってくらいに走った。止まったら、そこは児童公園だった。みんなフリマに行ったのか、だれもいなかった。ぼくは、山の形をした遊具にこしかけて、Tシャツのそでで目のまわりをぬぐった。

ひざにおいた変身ベルトをなでているうちに、さっきのくやしさを思い出した。

四年生になってから、変身ヒーローの番組を見なくなった子がふえた。変身ごっこも、しなくなった。子どもっぽいって。

サッカーとか野球のほうがいいんだって。
テレビよりゲームのほうが好きな子も多いし、ヤッチンみたいにエアガンのほうが好きっていう子もいる。
だからって、ぼくがサンダー仮面を好きだったら、いけないの？
いいや、ぼくは、ぼくだ。好きって気持ちは、はずかしくなんかない！
こわくてボスノたちには言いかえせなかったけど、この気持ちは本物だ。
変身ベルトを落としたことだって、ぜったいにゆるせない。
だったらさっき、もう一回、かかっていけばよかったんだ。
ユーカだって、あんなに言ってくれたのに。
もし、ぼくがサンダー仮面だったら、ボスノたちなんて、やっつけてやるのに。そうだ、サンダー仮面に変身して、やっつけてやりたい！

ぼくは立ち上がって、変身ベルトをこしにまいた。そして山の遊具のてっぺんにかけ上がると、なみだをぬぐって、背中をシャンとのばした。

両うでを高くつき上げて、体の横で肩の高さまでゆっくり下ろす。

胸の前でうでをクロスさせて、手をグッとにぎる。そして両うでを高くつき上げて、ジャンプするんだ！

「変身！　サンダー仮面！　やぁーっ！」

ぼくは、思いきり、本気で飛び上がった。

おなかのところで、変身ベルトの二まいのブレードがブンブン回るのがわかる。パーッと、光が飛び出している。

体のなかから力がもりもりわいてくる。いつもより高くジャンプできた気がした。

でも、『気がした』んじゃなかった。

「え？　うそでしょ？」

山の遊具が、とび箱くらいに小さく見えた。まるで、学校の屋上からながめているみたいに。

どうしてこんなに高くジャンプしちゃったんだろう？　これって、本当なの？　わけがわからないうちに、ぼくの体は落ちはじめた。どんどん地面が近づいてくる。

そしたら体が自然に動いて、マット運動みたいに空中でくるくる前転をしたんだ。

そして、ストンと着地した。

ぼくって、こんなことできたんだ！

「あー、びっくりした」

ぼくは、ひざに手をついた。その手には、銀色に光る手ぶくろをしていた。ひざの下で銀色に光るブーツとおそろいだ。

「え？　なにこれ？　なにこれ？」

両手を顔の前に持ってきて、よーく見てみる。やっぱり銀色の手ぶくろだ。

着ているのは、黒っぽくてツヤツヤで、体にぴったりとした服だった。胸にはがんじょうそうなプロテクター、こしには変身ベルトがかがやいていた。

「みんな、みて！　サンダーかめんだ！」

公園の入り口に、幼稚園生くらいの三人組のちびっ子がいた。そのうちのひとりが、さけんでいたんだ。
「え？　どこ？　どこにサンダー仮面？」
キョロキョロしていると、ちびっ子たちが、「わーっ」と声をあげながらかけよってきて、ぼくをとりかこんだ。
「すごい、サンダーかめんだ！」
「かいじんを、やっつけにいくの？」
「ぼくね、ぼくね、サンダーかめんのほん、もってるよ」
ちびっ子三人組は、さわぎながら、ぼくの体にさわったり、手をひっぱったりした。
（この子たちは、どうしてぼくのことを、サンダー仮面って言っているんだろう……？　あ、そうか！）

ぼくは、気がついた。ぼくは銀色の手ぶくろやブーツ、プロテクターに変身ベルトを着けている。これで仮面をかぶっていたら、完ぺきにサンダー仮面だもの！

公園のすみっこに、トイレがある。たしか手を洗うところに、鏡もあったはずだ。

ぼくは、ちびっ子たちをふりほどくようにして、トイレにかけこんだ。

「サンダーかめんもトイレにいくの？」

ちびっ子たちにかまっていられない。ぼくは鏡をのぞきこんだ。

鏡にうつったのは、ぼくの顔じゃなくて、サンダー仮面のマスクだった。

ぼくは、サンダー仮面に変身したんだ。

でも、なんで？

どうして、変身しちゃったの？
変身ベルトのせいなの？　本物だったの？
本物のはずはない。さっき、フリマでお兄さんから買ったんだから。しかも五百円で。
でもさっきは、二十メートルくらいの高さまでジャンプした。サンダー仮面のジャンプ力って、たしかそれくらいだ。見た目だけじゃなくて、力もサンダー仮面なの？
ちびっ子たちが、追いついてきた。
「ねーねー、トイレ、おわった？」
「サンダーキーックやって！　サンダージャーンプもみたーい」
うるさくて、考えられやしない……。

待てよ？　ジャンプか。もう一度ジャンプしてみれば、わかるかもしれない。

「よし、サンダージャンプを見せてあげよう」

「わーい」

ちびっ子たちが、もり上がる。

「やぁーっ！」

軽くひざを曲げてから、思いきり体をのばして地面をけると、ぼくの体は高くまい上がった。砂場やブランコも飛びこえた。

そして公園の横にあるアパートの屋根に下りたら、ひなたぼっこをしていたカラスが『ガァー』とひと声ないて、にげていった。ごめん、おどろかせちゃった？

「わー、すごーい！」

ちびっ子たちが手をふっていた。ぼくも手をふりかえして、もう一度ジャンプだ。

今度は家を三軒くらい飛びこえて、自動はんばい機の前に下りた。ジュースの空き缶が落ちている。スチール缶だ。アルミ缶なら、かんたんにつぶせるけど、スチール缶はとっても固いはずだ。

なのに、ぼくがグッとにぎりしめると、紙コップみたいに、クシャッとつぶれた。

「本物だ、本当にサンダー仮面なんだ」

ぼくは変身しちゃったんだ！

四　ひみつの質問

ぼくは、サンダー仮面に変身したんだ。

わくわくしてきた。ぼくは両手をつき上げて、サンダー仮面のファイティングポーズをとった。

変身ポーズとにているけど、ファイティングポーズでは右手だけを水平になるまで、ゆっくりと前に下ろす。左手は上のまま。

右手がまっすぐ前をむいたとき、大きく円をえがくように左手を下ろして前につき出す。

両手をまっすぐに相手にむけて、

「サンダ〜ッ！　ファイトッ！」とさけぶ。
それがカッコいいんだ。
そのとき、クスクスわらう声が聞こえた。
「ねえ、見て。あの子、コスプレしてる？」
「よくできているよねえ。かわいいね」
そばを通りすぎた中学生のお姉さんがふたり、ぼくを見てわらっていた。
サンダー仮面が、カワイイって……？
そういえば、ぼくはお姉さんたちを見上げていた。さっきかこまれたのは、ちびっ子たちだったから気がつかなかったんだけど、変身しても背はのびてないらしい。
子どものサンダー仮面かあ……。

あんまりカッコよくないかも……。

いやいやサンダー仮面だ、強いんだ、ボスノなんて、やっつけてやる！

でも、サンダー仮面のままじゃ、目立ちすぎる。どうせならボスノたちの目の前で変身して、びっくりさせたいもんね。

一度、元にもどろうっと。

ぼくは、ぼくにもどろうとした。もどろうとしたんだけど……。もどれなかった！

もどり方がわからなかったんだ！

変身ポーズは知ってる。でも、元にもどるポーズなんて見たことない。

サンダー仮面の本にも、のってなかった。

首から上をスッポリおおっているマスクをはずそうとしたけど、はずれない。手ぶくろをぬごうとしてもぬげない、ブーツもぬげない。完全に、体にくっついちゃってる。そうか、本当に変身しちゃったから、テレビみたいにコスチュームを着たりぬいだりするんじゃないんだ。

と、いうことは……。

変身をとく方法がわからないと、ずっとサンダー仮面でいなきゃいけないってこと？

これじゃあ家に帰っても、ぼくだって、わかってもらえないかも。わかってもらえたとしても、すごくおこられるに決まってる！　勝手に変身なんてしたら、おこられるに決まってる！

どうしよう？

このままじゃ、ごはんも食べられない。そういえば、のどがかわいてきたかも……。さっきのちびっ子たちじゃないけど、トイレはどうするの？

サンダー仮面に変身できてうれしかったのに、今はもう心配なことばかりだ。

だれか助けてくれそうなのは……、親友のヤッチンしか思いつかなかった。

ヤッチンの家は、フリマ会場の近くにあるんだ。ジャンプして家や道を飛びこえたり、走ったりして、なんとかだれにも見られないで、たどりつくことができた。

どうやって、ヤッチンに会おうか……？

ピンポンをおして、ヤッチンのママが出てきたらどうしよう？

ぼくだって、わからないよね。知らない子だからって、追いかえされたりして。

そっと庭に回ったら、うまいぐあいに、二階のヤッチンの部屋は、窓が開いていた。

ジャンプすると、かんたんに窓から部屋に入ることができた。ヤッチンは窓に背中をむけて、エアガンをいじっていた。

「ヤッチン、ヤッチン！」

「え？　だ、だれだよ、おまえ？　サンダー仮面のコスプレなんかしちゃって！」

ヤッチンは、エアガンをぼくにむけた。

「エアガンを人にむけちゃ、いけないよ！」

「ひ、人の部屋に勝手に入ってきて、なにを言ってんだ！　で、出ていけ！」

パシュン、パシュン、パシュン！

ヤッチンがエアガンをうった。

ぼくは飛んでくるBB弾を、ヒョイヒョイヒョイと指でつまみとった。キャッチボールよりもかんたんだった。

「ヤッチン、ぼくだよ。ぼく、タクミだよ」

「う、うそをつけ！　タクミがBB弾をつまみとるなんて、できっこないじゃん！」

「フリマで買った変身ベルトで、変身しちゃったんだよ！」
「そんなこと、あるわけないじゃん！」
「本当なんだって」
「じゃあ、タクミだっていうショーコは？」
「ショーコって言われても……。ぼくは木田巧海、きみは松本康史、クラスは四年一組、先生はワタナベコウゾウ、あだ名はゾームシ」
「そんなの、ショーコになりませーん」
「そのエアガンはさっきフリマで買ったやつです。ぼくは、ヤッチンにアイスクリームをひとくち食べさせてあげました！」
「うーん……、タクミ……かな？」
「だから、そうだってば！」

「じゃあ、おれたちの合言葉は？　ヘロヘレポー！」
「マガリンチョ！　ふたりとも、マーガリンにチョコクリームをまぜて食べるのが好きだから！」
「ヘロヘレポー、は？」
「ヤッチンがテキトーに決めたでしょっ！」
「当たった。では、次の問題です」
「まだあるの？」
「これが当たったら、信用してやるって。おれとタクミが、ふられた女子の名前は？」
「それ……、言わなきゃダメなの？」
「知らないなら、おまえはタクミじゃない！」

「……同じクラスの、城崎ルリアちゃんだよ」
「……本当にタクミなんだ。どうしたの、そのかっこうは？」

ようやく、ぼくだとわかってくれたヤッチンに、これまでのことを説明した。

ヤッチンとわかれたあと、ボスノたちにいじめられたこと。くやしくて児童公園で変身ベルトを着けて変身ポーズをしたら、本当に変身してしまったこと。本物のサンダー仮面みたいにジャンプできて、力も強くなったこと。でも、元にもどる方法がわからなくてこまっていること。

「ふーん、マスクも手ぶくろも、ブーツも、ぬげないんだ」

ヤッチンは『ブーツ』というところに力を入れて言うと、かべにかかっていたカレンダーを一まいやぶいて持ってきた。九月なのに、やぶいたカレンダーは三月だった。ぼくはえんりょなく、ブーツをはいた足をのせた。

「変身ベルトを、はずしたら？」

「ベルトも、ぴったりくっついてる感じなんだ。後ろはどうなってるかな？さっきは止め金があって、それでしめていたんだけど……」

「どれどれ、見せて。ああ、ぜんぜんダメだよ。すきまもない、ピッタリくっついてる」

ヤッチンが後ろを見て、教えてくれた。

「じゃあ、どうやって、元にもどるのさ！」

「変身ベルトを売っていたお兄さんに聞いてみるのは？　おれ、フリマ会場見てくるから、待ってて」

ヤッチンが部屋を飛び出していった。

ぼくはカレンダーにブーツをはいた足をのせた体育ずわりで待っていた。（サンダー仮面の体育ずわりって、レアかも）って考えていたら、ヤッチンがもどってきた。

「フリマ、終わって、だれもいなかった」

「ええっ！　それじゃあ、お兄さんに聞くこともできないよ！　どうしよう？」

「まあまあ、あわてるな。考えたんだけど、ユーカに相談してみようぜ」

「……なんで、ユーカなの？」

「だってユーカのママも、フリマに店を出してたじゃん。お兄さんのこと、

知ってるかもよ」

うまくいくかわからないけど、今、できることといったらそれくらいしかない。ふたりで、ユーカの家に行くことにした。

「おれは自転車で行くけど、タクミはどうする？」

「走ったりジャンプしたりで。ここまでも、そうやって来たし」

「それ、いいな！　おれもいっしょにジャンプできるかな？　できるんじゃない？　やってみようぜ」

ヤッチンがあんまりしつこいから、ぼくはヤッチンをかかえて、さっきよりも強めに地面をけってみた。

ぼくは、ヤッチンの体重なんてないみたいに、軽々と飛び上がった。屋根から屋根へのジャンプも、かんたんだった。

「うっわー、すげえ！　キャッホーイ！」

「ちょっと、うるさいよ。だれかに聞こえちゃったらどうするのさ！」

「ごめん、でも、あんまりおもしろくてさ。次はあっちへ行ってみない？」

「ダメだよ、ユーカの家とは反対じゃないか！」

ヤッチンをかかえて、ユーカの家の前に着地したけど……。さて、どうしよう。さすがにユーカの部屋に飛びこむのはまずいよね。

ここは、ヤッチンにユーカをよび出してもらうしかない。ぼくが、植えこみのかげにかくれると、ヤッチンがピンポンをおした。

出てきたのは、ユーカだった。

「どうしたの？　松本くんがわたしの家に来るなんて、めずらしいわね」

「あー、実はタクミにたのまれたんだけど」

「え？　タクミくんも来てるの？　どこどこ？」

ユーカが外に出てきて、キョロキョロした。

「あ、みーっけ！　植えこみのかげだ！」

ユーカがはしゃいだ声で近づいてきた。しかたないから、ぼくは立って片手を上げた。

「や、やあ。こんにちは」
「きゃあ！」
ユーカはうさぎみたいにピョンとはねて、ヤッチンの後ろにかくれた。
「ま、松本くん。フシン者、フシン者！　おまわりさんをよんで！　それにタクミくんは、どうしたの？」
「ユーカ、おちつけって。あいつがタクミなんだよ。サンダー仮面に変身しちゃったんだ」
「変身？　バッカじゃないの？　だまされてるのよ。フシン者にだまされちゃダメ！」
「本当だよ、おれとタクミだけのひみつだって知ってたし……」
「そんなの、フシン者がタクミくんをおどして聞きだしたに決まってるでしょっ！」

ユーカは、ぼくをにらみつけた。ビームみたいにするどい目つきにビビる。

「こら、フシン者！　タクミくんはどこなの？　わたしはだまされないからね！」

「ユーカ、ぼくだよ、木田巧海だよ。きみは秋野優花。クラスは四年一組で……」

「そんなの、ショーコになりませーん」

また、これか。

「タクミくんから無理やりに聞きだしたんでしょっ！　わかってるんだから！」

ユーカ、わかってないって。こまったな。ユーカとのひみつの合言葉なんて、ないぞ。

「もし、あんたが本当にタクミくんなら、そうじ当番のときのこと、知ってるはずよ」

ヤッチンは首をかしげたけど、ぼくにはすぐピンときた。

あれか。うん、きっとあれだ。あれにちがいないけど、あれを言うのは、はずかしいな。

「知らないんだ、やっぱりフシン者！　おまわりさんをよぶからね！」

「言うよ、言うから、待ってよ」

「タクミとユーカのひみつって、なに？」

ヤッチンが、くいついてきた。

「ヤッチン、ほかの人に言うなよ」
ぼくは、ヤッチンに『しゃべらない』と約束させてから話しはじめた。

夏休みのすこし前だった。そうじ当番が終わって、ほかの子は先生をよびにいったり、バケツの水をすてにいったりした。
教室でひとりになったぼくは、イスの上に立ってみた。だれもいない教室はガランとして広くて、あれがやってみたくなったんだ。
サンダー仮面の変身ポーズだ。
「変身！　サンダー仮面！　やぁーっ！」
かけ声とともに、イスの上からジャンプ。下りると、ファイティングポーズ。

「サンダ〜ッ！　ファイトッ！」

（決まった！）と思ったら、後ろで声がした。

「あんた、なにしてんの？」

ふりかえると、ユーカが立っていた。

「いたの？」

三年生のころは、男子はよく教室で変身ごっこをしていた。でも四年生になったら、だんだんしなくなった。なのに、ひとりで変身ポーズをしているのを見られちゃったんだ！

「ろうかにいたら、あんたがイスに上がったから注意しようと思って」
「おねがい、みんなには言わないで！」
ぼくはユーカにむかって、おいのりするみたいに両手を合わせた。
「えー？　どーしようかな？　うふふっ」
ユーカはいきなり、うでをぶんぶんふりまわして、教室をはねまわりはじめた。
「うふふふふ、へんしーん、だってさー」
「おい、よせよ」
「へーんしーん、でしょ？　うふふっ！」
ユーカのは、やたらと、うでをふりまわすばかりで、ぜんぜん変身ポーズじゃないし。

いやいやいや、それよりも、ぼくが教室で変身ごっこをしてたのが、バレちゃう。

ろうかでガヤガヤと声がして、みんながもどってきた。まずい。ユーカはきっと、みんなに話すだろう。ぼくがひとりで変身ごっこをしてたって、みんなにしゃべるだろう。

でもユーカはしゃべらなかった。先生が帰っていいと言うと、ひとりで帰っていった。

そうか、そうじ当番にはユーカとなかがいいグループの子がいなかったんだ。明日、なかよしグループでわらうんだ！

だけど、そうはならなかった。

ユーカは、ナイショにしてくれたんだ。

どうしてかは、わからないんだけど。

「それよ。知ってるのはタクミくんとわたしだけ。じゃあ、本当にタクミくんなんだ」

そう言ってユーカは、ぼくの手ぶくろやマスクをひっぱって、とれないことをたしかめた。それでやっと信じてくれたみたいだ。

そんなユーカを見て、ヤッチンが胸をはった。

「それでさ、おれ、考えたんだ。ユーカのママがフリマに店を出してたから、変身ベルトのお兄さんを知ってるんじゃないかって」

「ミライハヤトさんなら、児童公園の横にあるアパートに住んでるわよ」

五　ミライハヤトさん

「あのお兄さん、知ってる人だったの？」

「フリマにお店を出す人どうしで、あいさつをしたの。みんなのお店づくりを手伝ってくれたりして、やさしくて、いい人よ」

「それにイケメンだし、って言うんだよな？」

ヤッチンがニヤニヤしながら、ぼくのうでをつついた。

「なによ、いい人だって教えてあげてるんじゃないの。すぐ、そういうこと言うから、ルリアちゃんにふられるのよ！」

「え？　なんでユーカが知ってるの？」

「あ……、あの……、ルリアちゃんに聞いたの……。告白されたけど、タイプじゃないからことわったって……」

「そんな、ルリアちゃん、みんなにしゃべったの？」

ヤッチンは、もう半泣きだ。仮面でかくれているけど、ぼくも泣きそうだった。だけど、今、たいせつなのはそこじゃないから。

「ルリアちゃんだって、みんなに言いふらしたわけじゃないわよ。あんたたちのことを好きな子がいたら気にするかもって、教えてくれただけよ」

「え、そうなの？　おれのことを好きだって子がいるの？」

ヤッチンが目をかがやかせた。待ってよ、どんどん話がずれてるんだけど！

「あのね、今はそれどころじゃないでしょ！　ちょっと待ってて！」

ユーカは家のなかにもどっていった。開けっぱなしのドアを見ていたら、ユーカはカウボーイみたいなぼうしとレインコートを持ってきた。
「ほら、このぼうし、かぶって。それから、わたしのだけど、レインコートを着て」
ぼくは言われるままに、ぼうしをかぶりレインコートを着た。ぼうしはともかく、レインコートは黄色に、ピンクや青い花のもようが、はずかしい。
「ぼうしは大きめだから、頭と顔がかくれるでしょ？　あとはコートでそのヨロイみたいなのをかくせば、まあまあ目立たないから」
なるほど、これなら道を歩いても平気だ。
ユーカ、いろいろと考えてくれてたんだ。
「あ、ありがとう、ユーカ」
「へえ、ユーカ、やるじゃん！」

「すこしは見直(みなお)した？　さあ、行くわよ」
ユーカはハヤトさんのところまで、いっしょに来てくれるんだ。ユーカ、やさしいな。ぼくは、ユーカを見直した。

ヤッチンがぼくの右手を、ユーカが左手をつないで、三人で児童公園(じどうこうえん)に走った。
カウボーイのぼうしとレインコート、それにブーツのぼくは、ちょっとアヤシく見えるかもしれない。でも手をつないでいれば、友だちに見える。これもユーカのアイデアだ。
児童公園の山の遊具(ゆうぐ)のところに、男の人がいた。変身(へんしん)ベルトのお兄さんだった。

「ハヤトさーん」
ユーカが手をふって、かけよっていった。
「やあ、さっきはおつかれさま」
すこしおくれて、ぼくたちもかけよった。
「ああ、きみは、さっき変身(へんしん)ベルトを買ってくれた子の友だちだね。あれ？」
ハヤトさんは、ぼくがかぶったカウボーイのぼうしを指(ゆび)さして、ユーカを見た。
「さっき、きみが買ってくれたテンガロンハット、この子へのプレゼントだったの？」
そういえば、これ、ハヤトさんのお店にあった。へえ、カウボーイのぼうしは、テ

ンガロンハットっていうんだ。
「いえ、ちょっとかしてあげたんです」
ユーカはそう言って、テンガロンハットをぼくの頭からとって自分でかぶった。
ハヤトさんは目を丸くして、ぼくを見た。
ぼくは、レインコートの前を開けて、プロテクターと変身ベルトも見せた。
ハヤトさんは、仮面やプロテクターなんかを見たりさわったりして、息をのんだ。
「これって、きみが自分でつくった……んじゃなくて、本当に変身したんじゃないか？」

ぼくは、だまってこっくりうなずいた。
「やっぱり、本当に変身できたんだ……」
「やっぱりって、この変身ベルトで変身できることを、知ってたんですか？」
ぼくが聞くより早く、ユーカが口を開いた。
「話せば長くなるけど、聞いてくれるかい？」
もちろん聞きたい。ぼくたちは、ハヤトさんをかこむようにして、山の遊具にこしかけた。

フリマが終わって、ハヤトさんはアパートに帰ってきた。そして公園で子どもたちがさわぐ声を聞いた。外を見ると、サンダー仮面が小さな子たちにかこまれていた。

大人じゃなくて、子どものコスプレだな、ずいぶんうまくできているなあ、って思って見ていたんだって。

「するとサンダー仮面が、すこしかがんだ。と、思ったら次の瞬間、まるでバッタがはねるみたいにポーンと、飛び上がったんだ。あれにはおどろいたよ」

それって、ぼくが幼稚園生たちの前で、ジャンプ力をためしたときのことだ！

「あんまりおどろいたんで、サンダー仮面を見失ってしまった。そのとき、ぼくの頭の上、つまりアパートの屋根で『ドン』と音がした。公園では、子どもたちがこっちに手をふっている。サンダー仮面は屋根の上にいるのか、と思ったけどたしかめようもなくて」

ぼくがカラスをおどろかせたアパートの屋根、あの下にハヤトさんが住んでいたんだ！

「それを見て本物のサンダー仮面だと思ったのさ。そして、ぼくがサンダー仮面に変身したのも本当だった、って気づいたんだよ」

「ハヤトさんも、変身したんですか？」

「きみたちくらいのとき、この変身ベルトを買ってもらった。それで友だちとサンダー仮面ごっこをした帰りに、ひとりで川のそばを通ったら、子犬が流されているのをみつけた」

「おぼれていたんですか？」

ユーカが心配そうに、口をはさんだ。

「ほうっておけば、おぼれてしまう。そんなに深い川じゃないけど、子どもが助けにいくのはあぶない。まわりに大人はいなかった」
「そ、それで、どうしたんですか？」
ヤッチンが、たまらないように聞いた。
「ぼくはね、サンダー仮面に変身できたら子犬を助けられる、って思った。変身ベルトはしていたから、もう、むちゅうで変身ポーズをした。そしてジャンプしたら、川がずっと下に見えたんだ。学校の屋上から見下ろしたみたいに」
ぼくは心ぞうがドキンとした。それって、この山の遊具のてっぺんで変身ポーズをしてジャンプしたときと同じだ！
「空中で回転して着地すると、川のむこう岸に飛びうつっていた。体中に力がわいて、川にだって飛びこめる気がした」

「あぶなくなかったの？」

ユーカは、今度はハヤトさんを心配してる。

「うん、飛びこんでみると、水はひざくらいまであったけど、平気だった。川を出るときも、子犬をだき上げて、ひょいと、かんたんに飛び上がれた。家に帰ったら、子犬もぼくもずぶぬれだったけど」

ハヤトさんは、頭をかいた。

「その子犬は、どうしたんですか？」

気になることを、ユーカが聞いてくれた。

「家で飼いたいって親にたのんだよ。最初はダメって言われたんだけど、泣きながらお願いして、ちゃんと世話もするって約束したら飼ってもいいことになった」

「ああ、よかった。名前はなんてつけたんですか？」

「モモだよ。なにしろ、川でひろったからね」

ユーカとヤッチンは、わかってないみたいだった。

でも、ぼくは、ピンときた。

「もしかして、桃太郎のモモですか？」

「ピンポン、正解。話を元にもどそうか。モモ――子犬を助けることはできたよ。でも、どうしてできたのか。それがずっと不思議でさ。サンダー仮面に変身してたのかも、なんて考えたりもした。でも家に帰ったとき、ぼくはずぶぬれのぼくだったし、変身するなんて本当にはあるはずない、って思うようになっていた」

そうだよね。本当に変身しちゃっただなんて、なかなか信じられるはずがない。ぼくだって、そうだったもの。

「だけど今日、公園のサンダー仮面を見て、わかった。あのとき、ぼくも本当に変身してたって。それでサンダー仮面をさがしていたら、きみたちがやってきた、というわけさ」

ふつうなら信じられないような話だけど、ハヤトさんはウソを言うような人には見えない。第一、ぼくも変身しているんだから。

「タクミくんが買ったハヤトさんの変身ベルトは本物だった、ってことですか？」

「いや、おもちゃでしょ？　サンダー仮面って、テレビのお話じゃん」
ヤッチンのツッコミに、だれもわらわない。
「きみの言うとおり、変身ベルトはおもちゃだろうね。でも、変身しちゃったのは本当だよね。理由は……、ぼくにもわからないけど」
「もしかしたら！」
ユーカが、急に大きな声を出した。みんな、びっくりしてユーカを見た。なにか思いついたような顔をしている。
「本当に変身したいっていう、気持ちじゃないかしら？　ハヤトさんは、子犬を助けたいって、心から思ったんですよね？」
「もちろんだよ」
「変身したい、変身しなきゃっていう、強い気持ちなのよ。それがおもちゃの変身ベルトを、本物の変身ベルトに変えたのよ！」

まさか！　そんなの、信じられない！

でも、実際に起きていることは、ユーカの言うとおりだ。

「おもちゃの変身ベルトが本物に変わって、ハヤトさんやタクミくんは変身できたってわけ。そしてハヤトさんは、子犬を助けたから、あとはひとりでに元にもどったんですよ」

「そうか、本気で変身したいって気持ちが、おもちゃの変身ベルトに伝わって、それでぼくも本当に変身したのか……」

ハヤトさんは、何回もうなずいていた。

「だったらタクミくんも、変身の理由をクリアすれば、元にもどれるんじゃない？」

「すげえ、ユーカ、さえてるじゃん！」
ヤッチンがユーカに、はく手をおくった。
「でしょ？　で、タクミくんが変身した理由は、なんなの？」
三人がキラキラした目で、ぼくを見つめた。
「えーと、だから。ヤッチンには言ったんだけど、いじめられたのがくやしかった、って。それでボスノたちを、やっつけたくて……」
ぼくがそう話したら、三人の目から、すぅーっとキラキラが消えちゃったんだ。電気のコードが抜けたみたいに。
たしかに、『おぼれそうな子犬を助けたくて』変身したかったハヤトさんに比べたら、『いじめっ子をやっつけたい』から変身したいなんて、ぼくは自分勝手すぎる。

「そういえばタクミ、言ってたもんな」
「ボスノたちが乱暴してたのは、わたしも見てたし、ひどいとは思うけど」
「きみの気持ちも、わかるけどねえ……」
三人とも、はっきりとは言わないけど、ぼくが変身した理由を、よくは思っていないらしい。
そんなこと、ぼくだってわかっている。いじめっ子への仕返しなんて、変身ヒーローがすることじゃない。そんなサンダー仮面を、さっきのちびっ子たちに見せられるはずがない。ぼくだって、見たくない。
「ヒーローらしくないのはわかってるんだけど、そのときは、本当にくやしかったんだもん！」
「じゃあ、こうしてみたら、どうかな？」

ハヤトさんが考えてくれたのは、とりあえずボスノたちに会いにいくことだった。

そして自分が本物のサンダー仮面だと、わかってもらう。そこで弱い者いじめをするのはよくないことだ、と伝える作戦だった。

テレビなんかで、ヒーローやアイドルが『いじめはカッコわるいよ』とか、『イジメはやめよう』とよびかけるのと同じだ。

ぼくはテンガロンハットをかぶり直し、レインコートの前をとめて、サンダー仮面のすがたをかくした。

そしてぼくはヤッチンと、ユーカはハヤトさんと組になってボスノたちをさがしに出でかけた。

ぼくとヤッチンは、ボスノの家に行くことにした。とちゅうにあるコンビニエンスストアまで来たとき、自動ドアが開いて、ボスノが出てきた。

早くも、ボスノ発見！　ついてるぞ！

ケースケとハルキはいなかった。そのかわり、ボスノは小さな女の子をつれていた。

「いっしょにいるの、ボスノの妹だ。かわいいだろ？　ボスノにちっともにてないから」

ヤッチンが小声で教えてくれた。

妹は、ニコニコしてボスノを見上げていた。ボスノもやさしそうにわ

らっている。にくたらしいボスノだけど、妹の前ではやさしいお兄ちゃんなんだな。

ヤッチンが、ぼくのわきばらをつついた。

うまく『ストップ・いじめ』が伝わるかな。いや、伝えなきゃ！

ボスノだって、三年生のときは変身ごっこをしてた。サンダー仮面の言うことなら、わかってくれるはずだ。

ぼくが、ボスノと妹にむかって歩きだしたときだった。

ふたり乗りの自転車が、つっこんできたんだ。

六　サンダー仮面 VS. 中学生

ボスノの妹が、自転車にひかれそうだ！

「あぶない！」

そう思ったとき、ボスノはもう妹におおいかぶさるようにかがんでいた。鉄棒から落ちたときのいたさを思い出すような「ゴスン」という、にぶい音がした。ふたり乗りの自転車が、妹を守っていたボスノの背中にぶつかったんだ。

ボスノは妹をしっかりだきかかえたまま、アスファルトの上に転がった。

「ぼうっと歩いてんじゃねーよ！」

どなったのは、自転車に乗っていた男子中学生だった。
自転車のほうからぶつかってきたのに、あんな言い方ってひどい！
「チサト。だいじょうぶか？　ケガないか？」
ボスノは妹を立たせて、体をあちこちさわって、ケガがないか、たしかめていた。
「おい、早く行こうぜ」
自転車の後ろに乗っていた中学生が、せかしている。
「おい、待てよ。いてて、あやまりもしないで、行く気か？　いてて」
いたそうにしていたけど、ボスノは立ち上がって、中学生たちに近づいた。左足をすこしひきずってる。
「うるせえな、ボケっとしてるからだよ」

「おまえ、小学生だろう？　なまいきを言うな！」
「なんだと、あやまれ！」
ボスノが中学生の服をつかんだ。
「おい、なにすんだよ！」
そう言って中学生は片手で、ボスノをつきとばした。
いくらボスノが強くても、中学生にはかなわなかった。しりもちをついて、ひっくりかえった。さっきの、ぼくみたいに。
だけどボスノは、ぼくとはちがった。いたいはずなのに、立ち上がって中学生につかみかかっていった。
自転車の後ろの中学生が足をのばしてけった。ボスノはたおれて、うずくまった。

「おにいちゃーん、ワァーン」
ボスノの妹が泣きだした。コンビニエンスストアから店員さんが出てきて見ている。
「やばい、にげようぜ！」
中学生ふたり組は、にげようとしていた。
なんてひどいことをするんだ！
ぜったいに、ゆるせない！
ぼくは、中学生のところに走っていくと、ビシッと指をさして言ってやったんだ。
「おい、キミたち！　乱暴はよせ！　そしてボスノに、いや、星野くんにあやまれ！」

「なんだ、おまえは？　変なかっこうして」
しまった、テンガロンハットとユーカのレインコートのままだった。
ぼくはテンガロンハットとレインコートをぬぎすてて、もう一度言ってやった。
「星野くんと、妹さんに、あやまれ！」
「な、なんだ、おまえ？　それってサンダー仮面か？」
「そうだ！　サンダ～ッ、ファイトッ！」
ぼくは、ファイティングポーズを決めた。
ボスノと中学生は、ポカンとぼくを見ていた。ボスノの妹も、泣くのをわすれていた。
「おい、こんなヤツ、ほうっておけよ」

「だな、バーイバイ。サンダー仮面ちゃーん！」
中学生が自転車をこぎだし、青信号が点めつする横断歩道をわたりはじめた。
追いかけようとしたら、信号が赤になった。
「おーい、正義の味方ぁ、信号は守らなくちゃダメだぞー」
道路のむこうで、中学生たちはふたり乗りしながら、ぼくをからかうようにわらっていた。
「待て、にがさないぞっ！　たぁーっ！」
中学生たちを指さすポーズを決めてから、両足で道路をけった。
ぼくの体はふわりとまい上がり、車道の上を空中回転しながら飛びこえた。

車道のむこうにおり立ってふりかえると、中学生の自転車が走ってきた。
ぼくはハンドルを両手でおさえて、自転車を止めた。
「あぶねえな！　ぶつかったの、そっちのせいだからなっ！」
「ていうか、どうやってこっち来たんだ？」
後ろに乗っていた中学生が下りてきて、ぼくをけった。もちろん、ぼくはびくともしない。それどころか、ぼくをけった中学生のほうが、はずみでひっくりかえった。
「こいつ、チビのくせに、やったな！」
ぼくは、なにもしてないんだけど。
もうひとりの中学生が、ぼくにパンチしてきた。手のひらで受けとめて、軽くにぎる。

「いてて、はなせ！　いたいよう！」

中学生は、ぼくが見上げるくらいに大きいんだけど、ぼくのほうがずっと強い。なんたって、ぼくはサンダー仮面なんだから。

ぼくは、ふたりを自転車にすわらせると、そのまま自転車ごと頭の上まで持ち上げた。

「うわぁぁぁ、なんなんだ、おまえは？」

「おい、あぶない、下ろせよ。下ろして、いや、下ろしてください！」

ギャーギャーさわぐ中学生たちをかついで、ぼくは歩きだした。ちゃんと横断歩道を、信号が青に変わるまで待ってわたった。

駐車場には、おまわりさんが来ていた。お店の人がよんでくれたらしい。ぼくは中学生たちを、おまわりさんの前に下ろした。

「ボス、いや、星野くんに自転車をぶつけたのは、このふたりです」

「ああそう、ごくろうさまでした……」

おまわりさんは、目を丸くして敬礼した。

「で、きみは、いったい……だれだい？」

なんて言ったらいいんだろう？　サンダー仮面なんだけど、そう答えたら、おまわりさんはおこる？　ふざけるんじゃない、って。

こまっていると、コンビニエンスストアのかげから、ユーカが上を指さしていた。
ここからはなれろ、ってことだな。
「ぼくは、だいじょうぶです。星野くんたちを、よろしく！　やぁーっ」
ジャンプして、おまわりさんの頭をこえて、コンビニエンスストアの屋根におり立った。
みんなが、ポカンとして見ていた。
「いやいや、だいじょうぶ、じゃなくて」
「さようなら！」
ぼくは手をふって、屋根のかげにかくれた。

七　変身ベルトのひみつ

屋根から、うら道を見下ろすと、ユーカとハヤトさんがいた。

飛び下りようとしたら、ユーカが両手でバツをつくって、首を横にふった。屋根のすみにある階段を指さしている。

飛び下りちゃダメってこと？

ぼくは頭をかいた。そしたら、指先がかみの毛にさわった。（あれ？もしかして？）と、手を見たら、銀色の手ぶくろじゃない、いつものぼくの手だ。うでは、長そでTシャツのそでだ。

足は銀色のブーツじゃなくてスニーカーにハーフパンツだし、プロテク

ターもない。

Tシャツの上に変身ベルトをまいた、元のぼくだった！　元にもどったんだ！

ぼくは、ガッツポーズをした。ユーカも頭の上に、両手で大きな丸をつくっていた。

ぼくにもどったから、飛び下りちゃいけないって、ユーカは教えてくれたんだ。

階段を下りると、ユーカとハヤトさんがはく手してむかえてくれた。ふたりとも、よろこんでくれている。三人でハイタッチをしていると、足音が聞こえた。ヤッチンかなと思ったら、おまわりさんだった。

おまわりさんは、ぼくたちのそばに来ると敬礼をして、聞いてきた。

「サンダー仮面を見ませんでしたか？」
ぼくはドキンとして、ユーカの後ろにかくれた。サンダー仮面の正体は、ぼくだ。変身ベルトだって、着けたままだし。
なのにハヤトさんは、うれしそうな顔で、なにかをさがすようにキョロキョロしている。
「サンダー仮面が来てるんですか？　ドラマのロケですよね？　見学してもいいですか？」
ハヤトさんに質問されて、おまわりさんはあとずさりした。
「もしかして、今もカメラでうつしているんですか？　テレビに出られるんですか？」
ハヤトさんにおされて、おまわりさんがどんどんひいていく。

「いや、あの、見ていないなら、けっこうですから。失礼します！」

おまわりさんは、もう一度敬礼すると、にげるみたいに行ってしまった。

ポカンとしていたぼくに、ハヤトさんがペロッと舌を出してみせた。

すごい、ハヤトさんたら、サクッととぼけちゃったんだ！

ほっとしたら、いろいろと気になってきた。

「あ、そういえば、ボスノは？」

「松本くんが見にいった。あ、もどってきた」
ヤッチンがテンガロンハットとレインコートをかかえて走ってきた。
「これ、タクミにかえす？　それともユーカ？」
「わたしのだから」
「ボスノはどうなったの？」
「救急車に乗せられていった。たいしたことないらしいけど、病院でみてもらうんだって」
「そうなんだ、よかった」
ぼくは、ほっと息をついた。
「ここじゃ話ができないね、公園に行こう」
ハヤトさんに言われて歩きだすと、コンビニエンスストアのほうへ行く人たちとすれちがった。駐車場のさわぎを聞きつけたらしい。
あの中学生たちは、みんなのうわさになるかもしれない。小学生に自転車をぶつけたって。なんだか、かわいそうだな。
でもボスノの妹のほうが、もっとかわいそうだ。あんなこわい思いをしたんだもの。
「ボスノの妹は、おまわりさんのお姉さんとコンビニのなかで、家の人のむかえを待ってるって。中学生も店のおくにつれていかれたみたいだ」
「そうなんだ、よかった」
ぼくは、もうひとつ、ほっと息をついた。
ぼくたちは、児童公園にある山の遊具に、ハヤトさんをかこんでこしかけていた。手には、ジュースが一本ずつ。ハヤトさんが、自動はんばい機で買ってくれたんだ。

ジュースはスチール缶だ。にぎりつぶそうとしても、手がいたくなっただけだった。

ハヤトさんは、ぼくがはずした変身ベルトを見ている。

ユーカも缶ジュースを飲み終わった。

「思ったとおりでしたね。ハヤトさんは子犬のために変身したから、子犬を助けて元にもどった。タクミくんは乱暴な中学生をこらしめたから、元にもどれたんですよね？」

「タクミってば、正義の味方じゃん！　ヒューヒューッ」

「ヤッチン、よせよ！」
「タクミくんは、いじめっ子をやっつけたかったんじゃない。いじめや暴力をやめさせたかったんだよ。罪をにくんで、人をにくまず、だね」
そうか、ぼくはボスノじゃなくて、ボスノのしたことに、おこっていたんだ。
「タクミは、また変身できるの？」
その答えはぼくにもわかっていたけど、ハヤトさんが言ってくれた。
「もう、変身はできないと思うよ」
「えーっ、変身できるのは一回だけなの？」
「子どものころに、ためしてみたから。でも二度とは変身できなかった。だから、タクミくんのサンダー仮面におどろいたのさ」

「一回だけとか、そういうことじゃないんだよ。変身できるかも、とか、そんなことを考えていたんじゃ、ダメなんだ、きっと」

ぼくは、言葉が自然に口からこぼれるみたいにしゃべりだしていた。

ヤッチンも、ユーカも、ハヤトさんも、だまって聞いてくれている。

「さっき、ユーカが言ったじゃないか。どうしても変身しなきゃっていう、強い気持ちがたいせつなんだ。その気持ちと、変身ベルトとが、うまくつながったときだけ、変身できるんだって……」

ハヤトさんが、静かにうなずいていた。

八　みんなで変身！

月曜日、学校中がサンダー仮面の話でもちきりだった。

児童公園にいた幼稚園生たちに、お兄さんやお姉さんがいたみたいで、うわさをひろめたらしい。公園からすがたを消したサンダー仮面は、そのあとで大活やくをしたって。

ぼくは、自転車ふたり乗りの中学生をつかまえただけだよ？　なのに、うわさでは、ゆうかい犯をつかまえ、子どもを助けて、フリマ会場にあらわれた怪人をたおしたことになっていたんだ。

教室では、足にほうたいをして、松葉杖で登校したボスノがしゃべりま

くっていた。

「『星野くんにあやまれ』って言ったんだぜ。サンダー仮面がおれの名前を知ってるって、すごくないか？」

目をキラキラさせるボスノを、みんながうらやましがる。

そこへ、ケースケが口をはさんだ。

「本当かよ？　サンダー仮面が知ってるはずがないけどなあ」

「おれが、ウソついてるって言うのか？」

ボスノが、松葉杖をふり上げた。

ぼくはボスノの後ろから、すっと近づいて、ボスノがふり上げた松葉杖の先をつかんだ。

前だったら、ボスノがこわくて、そんなことはできなかった。

けど今はもう、こわくない。まるでサンダー仮面に変身しているみたいだ。
そうだ。昨日、ぼくはサンダー仮面だった。サンダー仮面は、今もぼくのなかにいるんだ。
「乱暴はよせ。サンダー仮面も言っただろ？」
ふりかえったボスノは、ちょっとだけこわい目をした。でも、すぐにふっとわらった。
ぼくが手をはなすと、ボスノは松葉杖を静かに下ろした。
「そうだな。……あれ？　なんでサンダー仮面が言ったことを、タクミが知ってるんだ？　昨日、いたっけ？」
「えっと、それは……」
「おれが見てたんだ。コンビニへ行ったから」

ヤッチン、ナイスフォロー！

「じゃあ、妹をかばってたのも見てたろ？　おれひとりなら、中学生なんかにまけなかったぜ！」

「かもね。アタシノ、オニイチャン、ツヨイモン！」

「おれの妹は、そんなんじゃねーから！」

小さな女の子の声をまねたヤッチンと、ボスノのあわてぶりに、みんながわらった。

席に着いて、教科書やノートを出していたらユーカが来て、ぼくの耳元に口を近づけた。

「自分がサンダー仮面だって、言いたいんじゃない？」

ユーカの目が、いたずらっぽくわらってる。

「変身ヒーローの正体はヒミツだよ」

ぼくは、窓から児童公園のほうを見た。

あのあとハヤトさんは、月曜日、つまり今日、この町からひっこすと言っていたんだ。

もう、行っちゃったかな。

昨日、公園でハヤトさんは、教えてくれた。

「俳優になりたくて、がんばってきた。変身はできなくても、俳優ならなんにでもなれるからね。サンダー仮面のオーディションだって何度も受けた。ダメだったけどね。だから、もうあきらめて、家の仕事を手伝うよ」

ハヤトさんは、俳優をめざしてたんだ！

だから、おまわりさんに聞かれたとき、とぼけるお芝居が上手にできたんだ。

「それで変身ベルトも、フリマで売った。買ってくれたのが、タクミくんでよかったよ」

ハヤトさんは、ぼくの手に変身ベルトを持たせて、肩をギュッとつかんだ。

そのとき、ぼくはわかってしまったんだ。だれが変身ベルトを持っていたらいいか、って。

「この変身ベルトは、やっぱりハヤトさんが持っていてください！」

「……いいのかい？　でも、どうして？」

「ハヤトさんだって変身したいんじゃないですか？」

ぼくはサンダー仮面に変身できた。サンダー仮面だったときのことを、はっきりとおぼえている。ぼくにもどっても、変身ベルトをはずしても、ぼくの胸には、ずっとサンダー仮面がいる。

それは、変身ベルトよりもたいせつな宝物だ。

でも、ハヤトさんは？

子どものころの変身は思い出になった。だけど今、ハヤトさんのなかにサンダー仮面はいないかも。だったらハヤトさんの宝物は、この変身ベルトだ。

「ありがとう。じゃあ、そうさせてもらうね」

ハヤトさんはジーンズのポケットから五百円玉を一まい出すと、ぼくの手にのせてくれた。

「それと実は、ミライハヤトは芸名なんだ」

ハヤトさんが、てれくさそうに頭をかいた。

「本当の名前は、なんていうんですか？」

ぼくは、知りたかった。

ハヤトさんだって、本当の自分を知ってほしかったにちがいない。だから、最後になって『ミライハヤト』は芸名だって言ったんだ。

教えてもらった名前は、びっくりするくらいふつうだった。

でも『ミライハヤト』より、やさしいお兄さんにぴったりの名前だった。

教室では、まだボスノがさわいでいる。もうすぐ先生が来るのに。

「おれの足がなおったら、みんなでまたサンダー仮面ごっこをやろうぜ！」

「変身ポーズ、わすれちゃったよ～」

教室のみんなが、さわぎだした。
変身ポーズをする子もいたけど、照れくさがっているから、動きが小さくて、ちぢこまってる。はずかしがることなんてないのに。あんなんじゃあ、変身なんてできっこないのに。
しょうがないなあ。
ぼくは、イスに上がった。
「変身！　サンダー仮面！　やぁーっ！」
イスから飛び下りると、教室のあちこちから声があがった。
「見ろよ、タクミの変身ポーズ、すっげー決まってる！」
「本当に変身するかと思っちゃった！」
そんな声におされるように、ヤッチンもイスに上がった。

「おれ、サンダー仮面二号な。変身！」
「ちょっと、あんたたち、やめなさいよ」
ユーカが立ち上がって、ぼくとヤッチンをにらみつけた。
と、思ったら、急にわらいだしたんだ。
「な～んてね。へーんしーん！」
ユーカが、うでをぶんぶん、ふりまわす。
「ユーカ、それ、ぜんぜんデタラメだから！」
変身ポーズのかけ声がはじけた。
ボスノは、すわったままで変身ポーズだ。
教室は、みんなのわらい声でいっぱいになっ

た。

「こらこら、みんな席に着きなさい！」

教室の入り口で、ゾームシ先生が、こまったような顔でわらっていた。

もしかしたら、先生も変身したいのかもしれない。

窓から気持ちのいい風がふきこんできて、カーテンをゆらした。

ぼくは、その風にむかって、

「さようなら」とつぶやいて席に着いた。

作：やませたかゆき

北海道小樽市在住。北海学園大学卒業後、会社員として働きながら、創作活動に励む。『ぼくがぼくに変身する方法』で第37回福島正実記念SF童話賞大賞を受賞、デビュー作となる。

絵：はせがわはっち

大阪府に生まれる。近畿大学卒業後、薬剤師としてのキャリアを持つ。2004年『おうだんほどうかります』で、おおしま手作り絵本コンクール最優秀賞、2015年『さらじいさん』で第16回ピンポイント絵本コンペ最優秀賞受賞。同作でブロンズ新社より絵本出版。『しりとりボクシング』（小峰書店）、『あこがれのユーチューバー』（国土社）で挿絵を担当している。

ぼくがぼくに変身する方法

2024年8月31日　第1刷発行

作　やませたかゆき
絵　はせがわはっち
発行者　小松崎敬子
発行所　株式会社 岩崎書店
〒112-0005　東京都文京区水道1-9-2
電話　03-3812-9131（営業）　03-3813-5526（編集）
装丁　山田 武
印刷所　株式会社光陽メディア
製本所　株式会社若林製本工場

NDC 913　ISBN978-4-265-07271-2　104P　22cm × 15cm

©2024 Takayuki Yamase & Hacchi Hasegawa
Published by IWASAKI Publishing Co., Ltd.
Printed in Japan

ご意見、ご感想をお寄せ下さい。
E-mail: info@iwasakishoten.co.jp
岩崎書店HP: https://www.iwasakishoten.co.jp
落丁、乱丁本はおとりかえいたします。

本書のコピー、スキャン、デジタル化等の無断複製は著作権法上での例外を除き禁じられています。本書を代行業者等の第三者に依頼してスキャンやデジタル化することは、たとえ個人や家庭内での利用であっても一切認められておりません。朗読や読み聞かせ動画の無断での配信も著作権法で禁じられています。